A. CAREL

LES BRASSERIES A FEMMES DE PARIS

Illustrations d'après nature
DE
FERNAND FAU

PARIS
[…]ONNIER, ÉDITEUR, 16, RUE DES VOSGES
1884

LES

BRASSERIES A FEMMES

DE PARIS

A. CAREL

LES

BRASSERIES A FEMMES DE PARIS

Illustrations d'après nature de Fernand Fau.

PARIS
ED. MONNIER, ÉDITEUR
16, *rue des Vosges*, 16.

1884.

LES BRASSERIES A FEMMES
DE PARIS

De toutes les formes que revêt la prostitution moderne, pour attirer la *clientèle*, une des plus dissolvantes et des plus pernicieuses est, sans contredit, la « Brasserie à femmes ».

Pour être de date récente, ce genre de « raccrochage » n'en a pas moins pris une extension si rapide et si considérable qu'il en est devenu inquiétant.

Les femmes, — les *Grenouilles de brasserie*, comme on les appelle au Quartier-Latin, — commencèrent à envahir les cafés au moment de l'Exposition universelle de 1867.

Il existait bien, par ci par là, avant cette époque, certains établissements où les consommations étaient servies par des jeunes femmes, comme chez la *Mère Moreau*, par exemple. Mais la vertu de ces demoiselles était sauvegardée par un épais et infranchissable comptoir; parfois il arrivait que plus d'une, le matin, manquait à l'appel, mais elles étaient aussitôt remplacées; prunes et chinois continuaient à être servis par de jeunes personnes plus ou moins accortes. En somme, peu de danger pour l'amoureux novice et point de scandale pour le public.

Il y avait aussi les petits débits de liqueurs nommés *caboulots*, où l'absinthe et le vermouth étaient versés par une ou deux jeunes femmes qui ne dédaignaient pas de trinquer avec le client et se laissaient assez facilement *dérober* un baiser. Mais, bast! il faut bien que jeunesse se passe et les gentilles « caboulotières » d'autrefois n'avaient rien de commun avec les horribles « pieuvres » que nous a léguées l'Empire.

*
* *

On se souvient qu'à l'Exposition universelle de 1867, le bâtiment principal était entouré

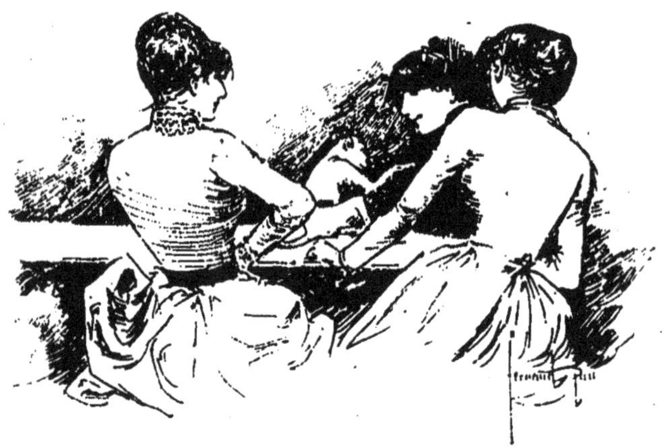

d'établissements où se débitaient les mets et les boissons des diverses nations du globe. En même temps que les produits étrangers qu'ils livraient aux consommateurs, presque tous les marchands avaient amené avec eux de jolis spécimens des habitantes de leurs pays destinés à attirer la foule par leurs sourires engageants et à faire avaler sans trop de grimaces les plus épouvantables liquides et les ragoûts les plus répugnants.

Le commerce fut lucratif; — nous parlons surtout de celui des femmes, — il devint de mode parmi la jeunesse dorée (au procédé Ruolz), qui faisait le plus bel ornement du régime impérial, de venir enlever les filles de comptoir de l'Exposition; on appelait cela « aller à la remonte ». Quelques industriels aussi habiles que peu scrupuleux saisirent la balle au bond. Ils organisèrent une véritable traite de femmes de toutes les couleurs, et bientôt, les cargaisons exotiques ne pouvant plus arriver assez rapidement, ils allèrent recruter à Belleville, à Ménilmontant ou Batignolles, des Italiennes, des Espagnoles, des Américaines, des Circassiennes, etc., etc. Vite, un changement de costume et la transformation était complète.

Quel bénéfice, pourra demander le lecteur naïf, ces entrepreneurs trouvaient-ils à voir ainsi renouveler presque chaque jour leur personnel?

Le bénéfice? D'abord celui que procure une affluence nombreuse de consommateurs. Mais celui-là passait en seconde ligne, le plus fructueux provenait d'un *truc* assez ingénieusement combiné. Le maître de l'établissement faisait signer à chaque « employée » un dédit variant de trois cents francs à mille francs — suivant la beauté du sujet — dédit que s'empressait de payer le jobard, séduit par les yeux brillants de la brune Espagnole ou par les airs langoureux de la blonde Anglaise de contrebande. Le tour était joué et le ma...rchand empochait chaque jour des sommes considérables.

L'idée des « Brasseries à femmes » était trouvée; elle ne tarda pas à être mise en exploitation.

Le premier établissement de ce genre fut créé sur la rive gauche, rue des Maçons-Sorbonne (aujourd'hui rue Champollion), cela s'appelait la brasserie de l'*Espérance*, tout aussitôt baptisée *les Quatorze fesses* — sobriquet qui n'a pas besoin d'être expliqué.

Puis bientôt vint le *Médicis* où fit longtemps *florès* la brune et plantureuse Rita, qui s'en est allée faire fortune chez nos voisins les Belges.

Alors, comme une nuée de sauterelles, les femmes firent irruption dans les cafés du Quartier-Latin qui devint la proie des « Grenouilles de brasserie » encouragées et soutenues par la police impériale.

*
* *

L'honnête régime qui, pendant tant d'années, avait tenu la France terrifiée et silencieuse,

comptait bien continuer encore longtemps son système d'oppression en bâillonnant la presse, le théâtre et les autres manifestations de la pensée, en favorisant ouvertement les tripots et les tripotages, et en excitant les appétits malsains de la foule.

Mais l'Opposition, qui grondait sourdement depuis quelques années, commençait à élever la voix. En vain, interdisait-on *Hernani*, *Ruy-blas* ou le *Roi s'amuse* pour les remplacer par la *Belle Hélène*, la *Grande-Duchesse* ou les nudités des féeries ; en vain, redoublait-on de sévérités contre les journalistes et les écrivains libéraux ; en vain, entretenait-on une armée de douaniers aux frontières pour empêcher l'introduction des livres ou brochures publiés à l'étranger, — la mesure était comble et l'édifice impérial commençait à se disloquer.

La jeunesse des Écoles surtout se montrait avide de liberté ; un grand nombre de petits Cercles littéraires et politiques s'étaient formés dans les principaux cafés. On discutait, on politiquait, et, tantôt un Gambetta ou un Vallès, tantôt un Rogeard ou un Cournet venait là essayer sa jeune éloquence et préluder aux luttes de l'avenir.

L'écho de ces discours arrivait jusque dans la rue. Un jeune avocat, habitué de ces réunions, s'en allait au-devant du plus puissant despote de l'Europe et lui lançait à la face ces mots, qui eurent un si grand retentissement :

« Vive la Pologne ! Monsieur. »

L'Empire vit avec terreur ce réveil de l'opinion et s'efforça de le combattre par tous les moyens en son pouvoir. Il appela tout d'abord à la rescousse le *Gruisme* qui s'empara immédiatement des cafés où la politique tenait trop de place; les malheureux discoureurs furent chassés de leurs lieux de prédilection par cette invasion d'un nouveau genre.

Beaucoup résistèrent et sont devenus depuis des hommes remarquables, mais, malheureusement, bien plus grand fut le nombre de ceux qui se laissèrent entraîner dans l'orgie qu'on leur offrait si complaisamment.

Les discussions bruyantes, les théories parfois bizarres, mais toujours généreuses, firent place à l'ivresse idiote et avachie des « Brasseries à femmes » où l'Empire allait chercher ses magistrats et ses fonctionnaires. C'était assez bon pour lui.

L'Empire tombé, le mal était si profondément enraciné, qu'au lieu de s'amoindrir, il a pris des proportions telles, qu'il faudra nécessairement réagir.

*

Un jeune écrivain, M. Harry Alis, a raconté quelque part une soirée dans une « Brasserie à femmes ». C'est lugubre, répugnant, mais exact :

« ... Des étudiants entraient bruyamment, par bandes, échangeant des interpellations avec les femmes qu'ils connaissaient et qui les appelaient à leurs tables. Il venait aussi du

dehors d'autres femmes en rupture de tablier, amenant leurs amants dans ces salles enfumées, où les attiraient la nostalgie du bruit et le désir de voir leurs amies. Et cela faisait pitié de regarder ces étudiants assez pauvrement habillés, heureux de promener à leurs bras ces filles, dans leurs toilettes riches et tapageuses, achetées avec les économies des mères de province carottées ingénieusement, les toilettes accusant cependant par certains détails grotesques le passage subit de la misère aux jours de veine. Tout ce monde là se tutoyait. On n'était pas encore ivre, mais on se préparait à le devenir. Les bocks se succédaient avec rapidité, portés par les garçons à travers le brouillard des pipes, les soucoupes s'empilaient sur les tables. Les femmes de la brasserie excitaient à boire.

« On commençait à s'amuser.

« Dans un coin, une bande, avec des chapeaux noirs, défoncés, donnait le ton, beuglait, engueulait les femmes. L'ivresse montait comme un flot.

« Une femme s'était assise auprès de moi et nous causions. Sur sa demande, je lui avais payé deux chartreuses, et moi, pour ne pas avoir l'air d'un petit garçon, je buvais des bocks qui me dégoûtaient. La tête commençait à me tourner. La femme, une grande blonde, avait, sous son tablier déchiré, une robe de cachemire Louis XV, aux reflets dorés; elle me racontait « que son *type* commençait à l'*em-*

bêter et qu'elle le *lâcherait*, que ce ne serait pas long : et que c'était dégoûtant dans cette

boîte, que le gérant les flanquait à l'amende tout le temps ; qu'elle voudrait bien trouver quelqu'un pour la tirer de là. Puis, qu'elle avait un billet à payer le lendemain et qu'elle serait obligée d'aller chercher l'argent chez une amie ».

« D'autres jeunes gens étaient venus s'asseoir près de moi. Elle me quitta et je l'entendis leur dire des choses qui juraient avec sa jolie tête blonde et la distinction de sa robe.

« La tête me tournait tout à fait. La fièvre d'ivresse, qui courait dans cette salle imprégnée d'alcool, me gagnait. Je buvais, je buvais, incapable de quitter ma place et ne pensant plus. Je regardais bêtement, pendant que les heures passaient. Sur les marbres, de grandes taches gluantes, poisseuses s'étalaient.

« Maintenaut la brasserie était tout à fait pleine. De mauvaises odeurs régnaient dans la salle avec la fumée et le mélange infernal des cris, des beuglements, des appels. Les buveurs ivres harcelaient les femmes qui se dégageaient en échangeant avec eux des mots orduriers. Toutes les tables étaient garnies. De temps à autre, un étudiant se levait, montait sur la table pour crier plus fort. Des chapeaux bossués gisaient par terre dans les crachats. Des têtes endormies reposaient sur le marbre des tables, se soulevant de temps à autre pour répéter machinalement des phrases balbutiantes. C'était une soirée superbe, on pourrait en parler le lendemain !

« Devant moi, un petit imberbe, avec une figure de jeune fille, faisait la grimace en

avalant des bocks. On voyait que cela lui faisait mal au cœur, mais il se forçait tout de même, pour faire comme les autres.

« Au milieu de la salle carrée, un étudiant roumain, à figure brune, se tenait agenouillé, et des femmes se tordant de rire lui fichaient des claques. On trouvait ça drôle. Un autre, ivre-mort était tombé sous une banquette, pendant que deux buveurs se battaient par dessus, rouges, animés, titubants. Le patron, paternel, conciliant, voulait les séparer.

« L'un des combattants le gifflait, et tout le monde frappait des mains. Et le patron, un colosse, ne voulant pas s'aliéner ses pratiques, riait jaune en recevant les soufflets de cet enfant qu'il eût écrasé entre ses doigts. Les femmes elles-mêmes, à force de boire et de faire boire, étaient grises. Une Musette branlait la tête d'un mouvement idiot, tandis qu'une Mimi-Pinson, bravant les défenses du gérant, voulait à toute force enlever son corset.

« Le grand coup était venu. Les étudiants, revenant de Bullier, entraient à flots. On ne s'asseyait même plus. On buvait, on sortait, on rentrait. C'était une promenade lente, continue, de gens ivres, parmi lesquels les femmes et les garçons pouvaient à peine circuler. On entendait, dans tous les coins, le fracas des verres cassés. A chaque minute, des querelles éclataient, et l'on était obligé de flanquer des gens à la porte...

« Un immense hébêtement planait sur la brasserie. Dans le chaos et la fumée, une seule idée s'échappait sous sa forme triple, des cerveaux grisés : avoir été gris, boire, être ivre... »

On pourrait recommencer indéfiniment le récit de semblables scènes. C'est partout et toujours la même chose.

Voilà où en est arrivée, sous l'influence des *grues* que les Flamands flétrissent du nom énergique de *hourstafel* (putains de table), la jeunesse dite intelligente des écoles.

*
* *

Les « Brasseries à femmes » se propagent à l'infini sur la rive gauche ; pour une ancienne qui se ferme, dix nouvelles s'ouvrent sous les noms les plus ou moins bizarres : le *Coucou,* le *Gil-Blas*, la *Clinique*, l'*Apollon,* le *Sénat,* le *Magellan*, la *Plata*, la *Terre de Feu*, le *Furet*, l'*Hébé*, le *Murger*, le *Pantagruel,* le *Caïd*, le *Caprice*, la *Cigarette,* le *Pierrot*, la *Fée*, etc., puis le fameux *Tir-Cujas*, et le non moins célèbre

Bar. Les vieux cafés du Quartier-Latin, tels que le *d'Harcourt*, le *Bas-Rhin* et le *Louis XIII* ont dû suivre le courant et entrer dans la voie du *progrès* !

*
* *

Le personnel de ces... établissements pour être fort nombreux n'en est pas moins limité, et, pour peu qu'on fréquente les Brasseries de la rive gauche, on est certain de retrouver partout des figures connues — il en est de même des garçons de cafés. — Comme les femmes ne restent pas longtemps dans la même *boîte* et qu'elles passent rarement les ponts, on les rencontre tour à tour dans les diverses *boîtes* du Quartier, amenant avec elles leurs amants qu'elles traînent ainsi à leur remorque tant qu'ils ont de la *galette* (de l'argent).

Les femmes de Brasserie forment une espèce de franc-maçonnerie où, par suite d'une promiscuité continuelle, on en est arrivé à une corruption effrayante. Leur unique but est de tirer le plus de *galette* qu'elles peuvent à leurs clients, car, il faut bien le dire, chaque fille est astreinte à un minimum de recette quotidienne, et, pour arriver à satisfaire le *patron*, elles sont obligées de faire absorber à leurs admirateurs d'énormes quantités de boisson et d'en avaler elles-mêmes outre mesure. Quelques-unes sont parvenues à boire d'une façon véritablement surprenante. Quant à celles qui n'ont pas encore atteint cette *perfection*, elles se font servir de nombreux petits verres d'une liqueur composée tout simplement d'*aqua fontis* colorée en rouge, en vert ou en jaune et qu'on fait payer aux pauvres jobards comme du bitter ou de la chartreuse.

Il y a aussi le tour de la soupe à l'oignon et de la choucroûte qui traînent sur la table, et que chaque donzelle fait payer par huit ou dix individus différents.

Voilà certes un commerce bien honnête, n'est-il pas vrai ?

*
* *

Il est pénible de voir ces jeunes hommes aux joues pâles, aux traits émaciés, se laisser traîner comme des bêtes curieuses de brasserie en brasserie par des *grues* sans cœur, qui se jouent de leur avenir.

Rien d'énervant et de malsain comme ces salles, où l'*odor della feminata*, la poudre de riz, la fumée de tabac, l'âcre senteur de l'alcool mélangé aux *parfums* de la soupe à l'oignon, de la choucroûte et d'autres victuailles forment une atmosphère empestée, qui affecte en même temps les poumons, le cerveau et les nerfs.

Et ces hommes pleins de jeunesse et de force passent là-dedans de longues heures, avec l'espoir de goûter, vers deux heures du matin, l'*ineffable* plaisir d'emmener chez eux une fille saoûle, bien heureux quand ils ne sont pas forcés d'emporter le corps inerte d'une femme ivre-morte !

*
* *

Où sont allées les gentilles grisettes d'autrefois, partageant la bonne et la mauvaise fortune de leur amant et pour lesquelles un dîner à la guinguette était une grande fête? La stricte

morale pouvait bien se trouver légèrement froissée par ces unions essentiellement temporaires, mais au moins ces bonnes filles ne détruisaient ni la santé du corps ni la sérénité de l'esprit de ceux avec qui elles croquaient gaiement la pension mensuelle octroyée par les parents du jeune étudiant.

Que sont devenues ces nombreuses réunions du Quartier-Latin où, entre deux bocks et une partie de domino interrompue, s'élevaient chaudes discussions politiques, littéraires ou artistiques ?

Hélas! grâce à l'Empire, la « Brasserie à femmes » est venue détruire tout cela !

Mais aujourd'hui nous avons, en revanche, une véritable invasion de filles aux surnoms *gracieux,* qui rappellent ceux qu'on donnait au Moyen-Age : Blanche-Tête-de-Mort, Nini-Cadavre, Irma-Squelette, Titine-la-Sourde, Maria-blancs-tétons, Constance-la-Passionnée, etc.

D'autres, il est vrai, portent des noms plus harmonieux : Chichinette, la petite Bretonne, la Grand'Ni, la Grosse-Ni et toutes les Nini que vous voudrez, Berthe-la-Pucelle. (Quelle ironie!), etc.

D'autres enfin, portent des sobriquets ronflants, tels que Mazeppa, Napoléon (?) ou Matapan, etc., suivant le caractère ou les aptitudes de ces aimables personnes.

Encore, si elles avaient de l'esprit ! Mais — à de bien rares exceptions près — malgré leur fréquentation habituelle avec des gens plus ou moins instruits, — elles sont bêtes comme des oies.

Allez, en curieux, dans n'importe quelle brasserie à femmes et écoutez attentivement ce qui s'y dit, vous serez stupéfait de la profondeur des inepties qu'on y débite.

Si une femme dépasse un peu la moyenne de ses compagnes, elle est vite enlevée. Quelques-unes de celles-là ont fait fortune et promènent au Bois leurs toilettes tapageuses sur les coussins capitonnés d'un équipage à elles. Mais, c'est l'exception.

D'autres trouvent les capitaux nécessaires pour monter une « Brasserie » à leur propre compte. Par exemple, la petite Marie, qui débuta au d' *Harcourt* et préside aujourd'hui aux destinées d'un établissement auquel elle a donné son surnom : La *Roussotte*. Celle-ci a su réunir autour d'elle « un essaim de jolies filles fort aimables ». — Cette note, — cela va sans dire, m'a été communiquée par un habitué de l'endroit.

*
* *

Nous n'avons parlé jusqu'ici que des Brasseries de la rive gauche.

Cependant le Quartier-Latin ne conserva pas longtemps le monopole des « Brasseries à femmes ». Le mal gagna bientôt la rive droite, d'abord honteusement, pour ainsi dire, allant se cacher dans les petites rues borgnes adjacentes aux grandes voies, telles que les rues Paul-Lelong, Notre-Dame-des-Victoires, etc.

Les premières brasseries de ce genre avaient un air louche ; les rideaux toujours soigneusement tirés et les portes closes leur donnaient l'apparence de lupanars de bas étage. Mais bientôt, voyant la bienveillance avec laquelle la police traitait leurs confrères de l'autre côté de l'eau, les industriels de la rive droite s'enhardirent et bientôt les « Brasseries à femmes » s'installèrent dans les plus beaux quartiers, la devanture peinte de couleurs criardes et d'enseignes voyantes destinées à attirer l'œil des passants.

La province elle-même a été mise à contribution, on a fait venir d'Arles, de Toulouse, de Metz, de Strasbourg ou de Rennes, des filles portant leur costume national et *patoisant* avec leurs compatriotes.

On distribuait dernièrement sur les boulevards des prospectus imitant les assignats et dans lesquels on annonçait que « lou parlo gascon et s'amusa me pla ». Nous avons lu avec soin ce prospectus pour voir s'il ne promettait pas aussi qu'on pouvait faire l'amour à la gasconne.

*
* *

Sur la rive droite, les procédés « commerciaux » sont les mêmes que sur la rive gauche; seulement la clientèle est plus variée.

On rencontre dans presque toutes les « Brasseries à femmes » le *patito* — il vaut mieux employer ce terme étranger que d'écrire le mot français qui se trouve au bout de ma plume. — Le *patito* est l'amoureux transi de quelqu'une des donzelles de l'établissement; chaque jour il vient, l'après-midi, aux heures où les clients sont rares, faire d'innombrables parties de cartes avec sa préférée, et naturellement il perd toujours.

Pour se faire bien venir, le *patito* paie une foule de bocks et de petits verres à ces dames et au... patron. Le soir venu, alors qu'il se croit sûr du succès, sa belle le quitte pour aller s'asseoir à l'une ou l'autre table garnie de buveurs, et, lors de la fermeture de la *boîte*, il voit d'un œil navré sa « conquête » s'en aller au bras du premier — ou plutôt du dernier venu. Mais il n'est pas découragé pour cela, et, le lendemain, le même manège recommence. Il va sans dire que le *patito* suit la *grue* lorsque celle-ci change de boîte.

*
* *

Les «Brasseries à femmes» occupent donc une place considérable dans la vie parisienne; elles

devaient nécessairement avoir un organe spécial, un moniteur officiel.

Il existe, ce journal, c'est la *Bavarde*, feuille hebdomadaire où sont racontés par le menu les faits et gestes des pensionnaires des divers établissements.

Les changements du « personnel » y sont relatés avec soin ainsi que les adresses particulières des « demoiselles ». De jolies réclames sur la beauté, sur l'esprit et les petits talents sont insérées chaque semaine.

L'étranger ou le provincial, et même le Parisien trouveront là tous les renseignements désirables, et allez donc!

*
* *

Mais en voilà assez sur ces funestes établissements. Répétons cependant, avant de finir, ce que nous disions au commencement de cette étude : Les «Brasseries à femmes» sont cent fois plus énervantes et plus dangereuses même que les maisons à gros numéros nommées B... (Maisons de tolérance). Là du moins, la MARCHANDISE est livrée comptant; et puis, ces maisons sont astreintes à des mesures sanitaires auxquelles échappent les « Brasseries à femmes ».

EN VENTE

Chez Ed. MONNIER, 16, rue des Vosges

POMMES D'ÈVE

DOUZE CONTES EN CHEMISE

PAR

UNE JOLIE FILLE

Vingt-huit illustrations à la sanguine de Joseph ROY

Un charmant volume in-8° cavalier.

Prix : 5 francs.

ÉVREUX, IMPRIMERIE DE CHARLES HÉRISSEY.

www.ingramcontent.com/pod-product-compliance
Ingram Content Group UK Ltd.
Pitfield, Milton Keynes, MK11 3LW, UK
UKHW020444220726
13923UKWH00005B/2322

9 782016 169834